Sami et Ju

J'adore

BD

Micmac à la cantine

Texte
Sandra Lebrun
Loïc Audrain

Illustrations
Thérèse Bonté

hachette
ÉDUCATION

Maquette de couverture : Mélissa Chalot
Réalisation de la couverture : Sylvie Fécamp
Maquette intérieure : Mélissa Chalot
Réalisation de l'intérieur : Audrey Izern
Édition : Laurence Lesbre

ISBN : 978-2-01-712302-6

58 rue Jean Bleuzen, CS 70007, 92178 Vanves Cedex.
www.parascolaire.hachette-education.com

Une histoire appétissante...

...ou pas !

Les personnages de l'histoire

SAMI

Sami a très faim ! Mais, mais...
qu'est-ce que c'est que ce truc ?
Ça se mange ?

LÉO

Léo n'aime pas les épinards
et tout ce qui est vert en général.
Hors de question qu'il mange ce truc !

BASILE

Basile est très gourmand !
Il aime tout et il goûte toujours...
même si c'est vert et gluant !

MARIA

Maria, c'est la dame de la cantine.
Elle est très gentille, mais un peu
dépassée par les évènements...

Mais qu'est-ce que c'est que cette histoire ?

Mardi
lundi musique
mardi arts plastiques
(mercredi)
jeudi piscine
vendredi visite aquarium
DRIIIIIING !
Ah ! C'est l'heure d'aller à la cantine !

Bon appétit, les enfants !

J'espère qu'il y aura du hachis Parmentier !
Ou des tomates farcies !

Quelques minutes plus tard...
Bonjour, les enfants!
Bonjour, Maria!

Gelée verte sur son lit de sardines!

Regardez : ça bouge !

Coucou, je vous vois !

Miam!
C'est de la « jelly »!
J'adore!
Miam!
De la « jelly »?

*J'aime la gelée! C'est bon!

Pendant la récré...
Bizarre, cette gelée verte !
C'était peut-être un menu végétarien ?
Tu veux dire : un menu sans viande ?

Il n'y avait pas de viande, mais il y avait du poisson !
Tu as raison ; ce n'est donc pas un menu végétarien.

En tout cas, ce repas était bizarre…
J'espère que ce sera meilleur jeudi !

Jeudi midi...
Vous allez vous régaler !

Bon appétit !

Qu'est-ce que c'est ?
Je ne sais pas...
SNIF SNIF

Qui goûte en premier ?

Vous pouvez manger : ce sont des sushis et un onigirazu.
Un onigira-quoi ?

O-ni-gi-ra-zu ! C'est un plat japonais ! J'en mange souvent avec mon papa.

Le poisson est cru !
BeurK !
Ch'est bon, la cuichine chaponaise !
Moi, je dis que c'est bizarre...
pfff

C'est vrai...
... les plats sont trop bizarres !
C'est peut-être la Semaine du goût ?
Mais oui ! Chaque jour, il y a un plat d'un pays différent.

Mardi, spécialité anglaise...
Aujourd'hui, un menu japonais !

J'ai déjà pensé à cette piste...
Et alors ?

Et alors ? C'est une mauvaise piste !
Comment tu le sais ?

Premier indice : la Semaine du goût se passe toujours en octobre.

Et nous sommes en avril.

Deuxième indice : lundi, on a mangé des frites.
C'est vrai ça ! Il n'y a jamais de frites pendant la Semaine du goût !

Retour au point de départ...
Et si on allait espionner dans la cuisine ?

Bonne idée ! Qui vote « pour » ?

Chut ! Ne faites pas de bruit !
J'entends Maria qui parle à l'intérieur.
BLA BLA

Dans la cuisine de l'école.
Mais ce n'est pas possible !
Qu'est-ce que c'est que ce micmac ?

C'est quoi, un micmac?
Je crois que c'est un gros hamburger!

Mais non! Ça veut dire qu'il y a quelque chose de bizarre.
Je le savais!

Quelques minutes plus tard...
Vous avez vu : Maria et le cuisinier sont inquiets.

Oui. Et j'ai aperçu des épinards et du poisson.
Oh non! Pas d'épinards!

L'heure est grave ! Il faut faire quelque chose.
C'est trop mauvais : ça ne peut plus durer !
On va tout raconter à nos parents.

À l'heure du goûter, à la maison.
CROC !
SCROUNCH
Quoi ? Vous avez mangé tout le paquet ?
CROC !
CHOCOLAT

On avait trop faim !
Ce n'est vraiment pas bon ce qu'on nous sert à la cantine !

Plus personne ne veut déjeuner à l'école !
Et Léo laisse tout dans son assiette !
CHOCOL
C'est si mauvais que ça ?
Il faut toujours goûter avant de dire que ce n'est pas bon !

Mais tu ne comprends pas… On a eu du poisson cru !
Et de la gelée verte !
C'est important de découvrir de nouvelles saveurs !

Maman rentre du bureau...
Regardez ce que je vous ai pris pour le pique-nique !
Un pique-nique ?
Demain, c'est la visite de l'aquarium !
Vendredi aquarium
Alors, qui m'aide à préparer les sandwichs ?
Moi ! Moi !

Vendredi matin...
ENTRÉE
AQUARIUM

Ce midi, nous mangerons les pique-niques dans la serre tropicale.
Trop bien!

Regarde : c'est bientôt l'heure du repas des tortues marines.
Allons-y : c'est juste à côté!
11H Nourrissage Tortues marines
11H15 Nourrissage Pingouins

Oh, elle vient nous voir !
Zut !
Tant pis : allons chez les pingouins.
TORTUES MARINES
NOURRISSAGE ANNULÉ

Le repas des pingouins est annulé : alors on vient voir celui des tortues.
Pas de chance, il est annulé aussi.

Encore un drôle de micmac...
Bonjour, monsieur... Est-ce que tous les nourrissages sont annulés ?

Désolé, mais, cette semaine, nous avons des soucis en cuisine.
AQUARIU

Votre cuisinier est malade ?
?
?
AQU

Non ; nous n'avons pas reçu les sardines pour les pingouins...
OOOOOOOOOOH

Et il nous manque aussi les algues pour les tortues.
OOOOOOHH

Vous n'avez rien reçu ?
Si, si : le livreur a apporté du poulet…
… et des crèmes au chocolat.
AQUARI

Du poulet et des crèmes au chocolat ?
C'est bizarre...
Vous avez dit « bizarre » ?
Comme c'est bizarre...

Ça y est :
j'ai compris !

Ce ne sont pas des épinards
que nous avons vus
à la cantine...

Ce sont les algues pour les tortues !

Alors, le poisson non plus n'était pas pour nous !
Eh non : ce sont les sardines pour les pingouins !

On va tout vous expliquer !
Mardi on a mangé des sardines avec de la gelée verte…
Verte, comme des algues !

Jeudi, on a mangé du poisson cru… avec des algues !

On nous a servi les repas destinés aux animaux de l'aquarium !
Mais oui ! Bien sûr ! Et nous avons reçu les repas de votre école !

Le soigneur explique tout au cuisinier…
Le livreur s'est trompé : j'ai votre poulet…
… et vos crèmes au chocolat !
Choco
Crêmes

J'arrive tout de suite, je viens vous rapporter vos poissons...
... et vos algues !

Un peu plus tard, devant le bassin des tortues...
Regarde : elle se régale !
Hi! hi! hi!
Attention à tes doigts !

Les tortues vous remercient.
Merci ! Les enfants vont être ravis !
POULET
Choco Crèmes

Achevé d'imprimer en Avril 2020 en Espagne par Unigraf - Dépôt légal : Avril 2020 - Édition 01 - 18/8323/9